릴리 이야기

'꼬짤이에게'

릴리 이야기

윤성은 지음

북스토리

PART 1

릴리, 사랑을 만나다 7

PART 2

릴리, 사랑에 빠지다 33

PART 3

릴리, 모험을 떠나다 59

PART 4

릴리, 보금자리를 찾다 81

에필로그 113

PART 1
릴리, 사랑을 만나다

그럼 그렇지.

오늘도 할아버지는 온종일 누워만 계셨어. 두 달 전까지만 해도 매일매일 화장실 청소를 해줬고, 삼 주 전쯤에도 이틀에 한 번꼴로는 치워줬는데 이제 음, 마지막으로 내 모래를 들여다본 게 한 나흘 전이었나? 아. 난 세상에서 제일 싫은 게 지저분한 화장실이야. 하긴, 내가 세상에서 제일 싫어하는 건 열 가지도 넘지만. 어쨌든 지금은 이게 최고로 찝찝해.

상상을 좀 해봐. 나처럼 털이 눈부시게 하얀 고양이의 화장실을 여러 날이나 안 치워주다니 너무 심한 거 아니야? 그게 엉덩이에 묻으면 어떡하라구. 더 이상 파헤칠 모래도 없다고요, 할아버지. 얼른 일어나요!

🐾 🐾

이해는 가.

할아버지가 몸이 안 좋으시거든. 비틀비틀 일어나 사료만 한가득 채워놓고 다시 침대로 돌아가는 거 보면, 이번엔 정말 많이 편찮으신가 봐. 그래서 옛말에도 그런 말이 있잖아. 고양이 팔자 뒤웅박 팔자라고. 독거노인과 같이 사는 고양이들이 안쓰럽다 이 얘기야.

노인들은 아픈 날도 많고 거동도 시원치 않으니 우리 밥 주는 거, 화장실 치워주는 거 미루기가 일쑤잖아. 치매라도 걸려봐. 밥 주는 걸 아예 잊어버리기라도 하면 우린 어떻게 되겠어? 고양이 사료를 시리얼인 줄 알고 우유에 말아 먹을지도 몰라.

아프지 않다 해도 젊은 애들처럼 기운차게 오뎅 꼬치 흔들어줄 기운 같은 건 없다구. 그뿐인가? 혹여나 노인

들 장례 치르고 나면 우린 하루아침에 길고양이 신세가
될 텐데!

　그러니 노인들 동거묘는 그저 한 살이라도 어릴 때 선
배 길고양이들과 어울려 야생본능을 유지하는 게 낫다
는 말이 나오는 거야.

🐾 🐾

　이건 비밀인데…….

　아니 비밀이랄 것도 없지. 다 알지만 쉬쉬할 뿐이니
까. 나 처음엔 이 집에 입양된 거 아니었다? 두 달 된 나
를 시골에서, 지리산 밑 어디라던데 아마, 데려온 건 할
아버지의 딸이었어. 이름도 얼굴도 예쁜 '사랑' 언니.

　난 원래 마당이 있는 한식집에 살았거든. 대단히 유
명해서 전국의 식도락가들이 한 번쯤 들르는 곳이었대.
너무 어렸을 때라 가물가물하지만 어렴풋이 엄마 아빠
얼굴하고 커다란 개들이 같이 있었던 게 기억나. 그 개

들은 엄마 아빠가 주위에 없을 때면 슬그머니 다가와 검고 축축한 코를 일곱 살배기 손가락 두 개만 한 내 옆구리에 대고 킁킁거리곤 했어. 먹돌이 자식은 그 더러운 발바닥으로 내 머리를 툭툭 치기도 했다니까!

그래서 그런지 난 지금도 개가 너무 무서워. 집에만 있으니까 마주칠 일이 없어 정말 다행이지 뭐야. 그런데도 가끔 윗집에서 키우는 개가 왈왈왈 짖어댈 때면 나도 모르게 할아버지 이불 속으로 들어간다니까.

      🐾 🐾

미안 미안.

사랑 언니 얘길 하다 말았지. 언니는 지리산에 동기들이랑 놀러 왔다가 우리 식당에서 밥을 먹었는데, 천사 날개처럼 하얀 나를 보고 한눈에 반했지 뭐야. 아차차, 새해 결심이 거짓말 안 하는 거였는데.

사실은 내가 개들에 둘러싸여 겁을 먹고 있는 모습을 보고는 불쌍했나 봐. 학교에서 빵셔틀 당하는 왕따 같앉나 보지? 언니는 개들이랑 나를 떼어놓더니 주인아 줌마에게 물었어.

"저, 이 고양이, 분양하실 생각 없으세요?"

아줌마는 사랑 언니를 빤히 보다가 대꾸했지.

"처음 뵙는 분인데, 어디 사세요?"
"의정부에서 왔어요."
"혼자 살아요? 아니면 부모님이랑?"
"혼자 살아요. 의정부 미래 고등학교 교사예요. 원래 고양이 많이 좋아하고 키우고 싶었는데 아빠랑 둘이 살 때는 아빠가 싫어하셨어요. 독립한 지 얼마 안 됐거 든요."

언니는 나를 다시 쳐다봤고, 나는 본능적으로 먹돌이 쪽으로 한 번 고갯짓을 한 다음에 언니에게 간절한 눈빛을 보냈어. "냐아~"라고 언니가 마음에 든다는 끈적끈적한 신호까지 보냈지. 내 첫 번째 추파였달까. 내 묘생에 추파를 던진 적이 딱 두 번 있었거든. 추파가 뭐냐고? 아, 요새는 '플러팅'이라고 해야 알아들으려나.

"얘 고양이 잘 돌볼 수 있을 거예요. 학교에서도 유명한 캣맘이거든요."

옆에서 언니 동료들이 거드는데도 아줌마는 걱정스러운 표정으로 이것저것 꼬치꼬치 묻더니 언니의 연락처와 식당 명함을 교환했어.

"고양이가 있을 환경은 되는 거겠죠? 돈도 꽤 들 텐데. 어차피 오늘은 못 데려갈 테니 집에 가시면 사진 좀 보내주세요. 분양비도 받을 거예요. 5만 원."
"네. 그럴게요."
"그리고 혹시라도 힘들면 다시 데려다주셔야 해요.

결혼해서 못 키우게 된다거나…….”

“네. 염려 마세요. 저, 어릴 때도 들락거리는 길고양이 돌본 적 있어요. 마당 있던 집에 살 때.”

“데려가신 다음에도 가끔 연락해도 괜찮죠? 꼬삼이 잘 있나 궁금할 때요.”

“그럼요, 사장님.”

언니는 아줌마가 아무리 퉁명스럽게도 말해도 끝까지 미소를 잃지 않았어.

언니는 친구들과 차에 타서도 계속 나를 쳐다봤어. 창문을 내리고 나에게 힘차게 손을 흔들었지. 나도 엉덩이를 내리고 언니가 탄 차가 점점 작아지는 쪽을 끝까지 바라봤어. 왜 그런지 먹돌이가 앞니로 살짝 깨물 때처럼 코끝이 찡해지더라구.

그리고 내가 언니를 다시 만난 건 2주 후쯤이야. 그동안 아줌마와 언니 사이에 어떤 일이 있었는지는 모르지만 이야기가 잘된 거겠지? 이번에는 언니랑 친구가 탄 차가 사라지는 걸 볼 필요가 없었어. 언니랑 같이 차에 탔으니까. 아줌마가 준 작은 물통이랑 사료 한 봉지와 함께.

언니가 손사래를 치며 "괜찮아요. 다 준비해가지고 왔어요"라고 말해도 소용이 없었어. 아줌마가 벌써 차 안에 내 짐보따리를 넣은 후였거든.

그때 나는 아줌마가 검지로 슬쩍 콧등을 훔치는 걸 봤지. 고양이는 절대로 그런 걸 놓치는 법이 없단다. 늘 어나는 동물 식구들을 감당할 수 없어서 언니에게 나를 맡기긴 했지만 아줌마도 섭섭했던 게지. 나는 어쩐지 기분이 이상해서 아줌마를 끝까지 쳐다보지는 않았지만 언니 무릎을 깔고 앉은 앞발을 X자로 모으고 속으로 아줌마 부부의 행복을 빌었어. 나보다 조금 늦게 태어난 동생의 숨이 조금씩 잦아들고 있을 때, 엄마가 그렇게 하고 기도하는 걸 본 적이 있거든.

그날, 나는 한식집과 커다란 마당과 정 많은 부부와

개들 곁을 떠나 사랑 언니의 반려묘가 되었지.

·ᴥ· ·ᴥ·

언니는 고등학생들에게 영어를 가르쳤어.

내 이름도 백합이란 뜻의 '릴리'로 지어줬어. 언니는 꽃 중에서 백합을 제일 좋아한대. 내 하얀 털에 제법 잘 어울리는 이름인 것 같아. 또, 릴리라는 이름은 책에도 영화에도 자주 등장한대. 언니가 제일 좋아하는 영화에 나오는 가수 이름도 릴리라고 했어.

흔한 이름이라서 싫지 않냐고? 뭐, 고양이 이름을 '강 아지'로 짓는 우스운 경우도 있다니, 그것보단 낫지 않 니? 한식집에서는 오가는 사람들이 나를 '나비야' 이렇 게 불러서 그게 이름인 줄 알았어. 그런데 나중에 알고 보니 사람들은 길고양이를 다 '나비야'라고 부르더라고. 멍청하긴! 난 주인도, 이름도 있는 고양이였다구!

아줌마가 부르던 '꼬삼이'라는 이름은 '꼬마 셋째'라는 뜻이었는데, 형제들 이름은 꼬일이, 꼬둘이, 꼬막이었단다. 근데 내가 셋째인지는 확실한 걸까? 아줌마는 내가 태어날 때 옆에 있지도 않았다던데. 아마 덩치가 세 번째로 커서 '꼬삼이'가 됐나 봐.

언니는 아이들을 정말 좋아해서 밤마다 나한테 반 아이들 얘기를 많이 해줬어. 유치원 애들이라면 몰라도 대체 코밑에 수염이 거뭇거뭇 난 애들이 어디가 귀엽다는 거야.

솔직히 난 여느 고양이들처럼 세상만사가 귀찮은 성격이라 듣는 둥 마는 둥 했는데도 언니는 이야기 끝에 늘 들어줘서 고맙다고 나를 꼭 끌어안고는 이마랑 콧등에 뽀뽀를 쪽쪽 했어. 후후. 인간들이란. 제아무리 우주에 간다고 잘난 척해봐. 나처럼 작은 고양이 한 마리 앞에서도 나긋나긋해지는 족속들인 건 변함없어.

아무튼 의정부에 있는 자그마한 원룸에서 우린 친자매처럼 알콩달콩 행복한 시간을 보냈어. 같이 TV도 보고, 오뎅 낚시도 하고, 쥐돌이 잡기, 레이저 놀이까지 했지. 언니가 정성껏 만들어주는 건강식은 엄청난 별미였다고. 그 당시 나는 츄르 같은 불량식품은 알지도 못했어. 지금? 환장을 하지. 그렇게 한 3년 정도가 흘렀을까? 내 인생의 전성기였지. 암, 그렇고말고.

🐾 🐾

'그 일'이 있었던 건 봄이었어.

너무 화창해서 그런 비극과는 전혀 어울리지 않는 날씨였단다. 언니는 아이들과 3일 정도 수학여행을 간다고 했어. 그게 뭔지 잘 모르지만 집에 안 들어온다는 얘기란 건 알았어. 나가기 전에 몇 번이나 나를 쓰다듬고 눈 사이를 긁어주고 엉덩이를 팡팡 두들겨줬거든.

"미안해, 릴리. 다녀오면 레이저로 많이 놀아줄게. 네가 좋아하는 연어 스테이크 김밥도 먹자."

그런 다음 언니는 내 물이랑 사료를 듬뿍 채워놓고

모래도 싹 갈아놓은 후 집을 나섰지. 평소에는 귀찮아서 캣타워에 엎드려 눈인사만 흘끔 하던 나도 그날은 현관 앞까지 따라가 꼬리를 세웠어. 언니가 감격해서 손가락으로 내 콧잔등과 뺨을 쓱쓱 문질렀지. 나는 금세 기분이 좋아져서 가르릉대며 나도 모르게 발라당 배를 보였어. 윽. 이건 좀 오버였나. 자주 하면 버릇 잘못 드는데! 하고 후회하는 순간 역시나 언니는 돌고래 소리를 내며 스마트폰을 꺼내 나를 요리조리 찍더라고.

그날, 왜 배웅까지 했냐고? 설마 마지막이라는 걸 직감한 거냐고? 그런 걸 뭘 물어. 괜히 고양이를 영물이라고 하겠어.

맞아.

언니는 영영 돌아오지 않았어. 원래 슬픈 예감은 틀리는 법이 없다고 하잖아. 교통사고였대. 좁은 2차선 국도에서 관광버스가 비탈길로 굴러떨어진 거야. 버스가 완전히 뒤집혀서 몇 바퀴 굴렀고 조금 있다가 폭발해버렸지. 뒤늦게 도착한 구조대는 한 사람도 구하지 못했어. 한 사람도.

아이들이 죽고 다쳐서 그랬는지 몇 달 동안 뉴스에서 떠들어댔단다. 워낙 오래된 버스여서 갑자기 고장이 났는지, 교대해줄 사람이 없어 과로했던 운전기사가 졸음운전을 했는지, 또 다른 이유가 있었는지는 밝혀지지 않았어. 사람들은 매일 누구의 잘못이었는지 벌 줄 사람을 찾는 것 같았지만 고양이 집 나간 뒤에 캣타워 고치는 이야기 아니겠어? 죽은 사람들은 돌아오지 않잖아. 인간들은 한심한 데가 많지.

사고 며칠 후, 원룸에 몇 번 놀러 온 적이 있는 파마머리 선희 쌤이 나를 데리러 왔어. 모래는 온 방에 튀어있었고, 사료는 이미 바닥난 지 오래였지. 나는 몇 방울 남은 물을 최대한 아끼려고 가끔 혀끝만 물통에 적시고 있는 상태였어. 탈진하기 직전이었지.

하지만 나는 밥과 물을 줄 사람이 나타났는데도 반가워하기는커녕 낯선 사람을 본 것처럼 선희 쌤을 향해 등을 세우고 왜애애앵 울었어. 왜 그렇게 흥분했었는지 케이지 안으로 억지로 떠밀리자 나도 모르게 선희 쌤 손등을 확 할퀴었다니까. 붉은 실처럼 선명한 세 줄짜리 상처가 손등에 남았는데도 선희 쌤은 화를 내지 않았어. 오히려 나를 보며 눈물을 글썽거리더라. 그리고 말했어.

"릴리, 괜찮아. 괜찮아. 사랑 쌤 좋은 데로 가셨어. 나중에 꼭 다시 만날 수 있을 거야."

그 가늘게 떨리던 목소리 톤이나 언니가 좋은 데로 갔다는 말을 나는 평생 잊을 수 없을 거야. 우린 정말 다시 만날 수 있을까. 선희 쌤이 날 위로하려고 거짓말을 한 건 아닐까. 하얀 거짓말이라는 것도 있다잖아.

힘든 날들이었어.

언니를 잃자마자 의정부에서 서울의 동쪽 끄트머리로 오는 길에 어찌나 울어댔는지 나는 목이 쉬고 진도 다 빠졌었지.

게다가 할아버지의 낡은 아파트에서는 쾨쾨한 냄새가 진동을 했어. 원래 이사는 고양이한테 제일 몹쓸 짓이라는데 환경이 더 나빠졌으니 내가 기운이 났겠냐고. 사람들이 그러는데 재건축을 앞둔 아파트라 보수를 안 한다나 봐. 어차피 허물 거라는 거지.

그래도 그렇지, 다용도실도 베란다도 곧 무너져 내릴 것처럼 삭아 있고, 장판은 다 뜯어져 있고 여기저기 곰팡이투성이라 아휴, 지금도 발끝을 들고 살금살금 다녀야 돼. 떠날 땐 떠나더라도 좀 깨끗하게 하고 살면 안 되는 거니? 대체 인간들은 왜 내일만 생각하는지 모르겠다니까.

처음에는 선희 쌤이 이삼일에 한 번씩 와서 이것저것 챙겨주는데도 잘 먹질 못하고 이불 속에서 시름시름 앓았어. 할아버지도 장례 끝나고 3일 동안이나 병원에 계셨고. 딸 하나 있는 것이 그렇게 갔으니 쓰러지실 만도 하지.

퇴원한 할아버지는 싱크대 밑에 먼지를 뒤집어쓰고 있는 나를 보시고 어린아이처럼 엉엉 우시더라. 언니 마지막으로 만났을 때 나를 며칠만 돌봐달라고 했는데 할아버지는 고양이 그만 키우라고 막 화를 냈다나. 털 날리는 거 호흡기에 안 좋다고. 언니는 원래 천식이 있었거든. 그런 얘길 하면서 막 날 쓰다듬는 거야. 나는 민망해서 할아버지 손을 피해 저만큼 도망을 갔어. 하지만 사실은 나도 언니가 보고 싶어서 커튼 뒤에 몸을 숨긴 채 '냐아아아' 울고 말았지 뭐야.

난 그때부터 할아버지의 반려묘가 되었어.

산 고양이는 살아야지.

시간이 지나면서 적응이 되더라고. 사랑 언니는 할아버지를 많이 닮았거든. 할아버지도 마치 내가 하늘나라로 먼저 간 딸인 것처럼 잘해주셨지. 물론 술래잡기나 낚시질 같은 건 거의 못 했지만.

솔직히 할아버지가 사랑 언니보다 좋은 점도 있는데, 뭔지 알아? 간식을 마구 준다는 거야! 언니는 내 관절 걱정에 이틀에 한 번씩만 줬거든. 근데 할아버진 그런 규칙 같은 거 없어. 스틱으로 된 간식을 하루에 하나씩은 꼭 줘. 내가 간식이 들어 있는 찬장 서랍 밑에서 줄기차게 보채면 '이 녀석! 껄껄껄' 하면서 어떤 날은 두 개씩이나!

모르긴 몰라도 간식값이 꽤 많이 들어갈 거야. 나는 싸구려 닭 가슴살 따위는 먹지 않거든. 오직 알래스카에서 온 연어에만 끌린다구. 까탈스럽다고 눈살 찌푸려도 할 수 없어. 난 그렇게 특별하게 태어났을 뿐이니까. 내 몸매는 언니랑 살 때보다 훨씬 후덕해졌지만, 뭐 어때? 중성화 수술을 하고 나서 날씬한 허리는 이미 포기했는걸. 묘생 뭐 있나. 잘 먹고 잘 놀고 잘 싸고 잘 자면 되는 거지.

요새는 할아버지가 주무실 때면 나도 침대에 올라가서 같이 자곤 해. 할아버지가 그걸 좋아하는 것 같거든. 아침에 깰 때 내가 옆에 있는 거 말야. 내 털이 워낙 보드랍기 때문이겠지. 게다가 할아버지의 감격한 표정은 사랑 언니랑 많이 닮아서 나도 어쩐지 위로가 되거든. 할아버지 코 고는 소리 때문에 화들짝 놀라서 침대 밖으로 튀어나갈 때도 있지만.

그렇게 벌써 이 집에서도 2년째야. 인간 나이로 치면 서른은 훌쩍 넘은 거니까. 그래, 난 망했어! 하지만 그 세월 동안 이 아파트의 모든 게 편안해진 건 확실해. 그 익숙함만큼 고양이에게 행복한 것도 없지.

신나는 일도 있었어.

얼마 전에 이사 온 1층 신혼부부와 친해진 거야. 이 낡은 아파트에는 이사 오는 사람이 전혀 없기 때문에 난 그 아이들을 유심히 관찰했어. 하루 24시간 중에 내가 깨어 있는 시간은 8시간 정도. 그중 몸단장을 하는 2시간, 먹고 마시고 싸는 시간 30분, 괜히 어슬렁거리는 1시간을 제외하고는 대부분의 시간을 걔네들 보는 데 썼다니까.

어느 날, 할아버지가 건물 현관에서 3층 베란다에 앉아 있는 나를 보고 있으니까 얼굴이 하얀 여자애가 뭐가 있나 하고 위를 보다가 나를 발견했지. 얼굴이 어찌나 앳된지 처음에는 학생인가 싶었어.

"어머, 고양이닷! 할아버지! 할아버지가 키우는 고양이예요?"

수줍음이 많은 할아버지가 어쩐지 얼굴을 붉히며 "응" 하고 대답했어.

그 아이는 탄성을 지르며 "와, 너무 예쁘다!" 했겠지.

당연한 거잖아? 나를 처음 보는 인간들의 반응은 늘 똑같았다구. 그리고 큰 소리로 집 안에 있는 사람을 불렀어.

"자기야, 이리 와봐!"

그랬더니 여자아이 보다 30센티미터는 더 커 보이는 멀대 같은 남자아이가 냉큼 나와서 나를 쳐다봤겠지.

"이름이 뭐예요?"

변성기가 갓 지난 것처럼 목소리도 얄상한 남자아이가 물었어.

"릴리."

"릴리요? 무슨 뜻예요?"

"꽃 이름. 백합이래."

사랑 언니가 지어준 이름을 말하면서 할아버지의 목소리가 조금은 흔들렸던 것 같아. 여자애는 고개를 끄덕이고 멀대와 함께 집으로 들어가려다가 뒤돌아서 할아버지에게 큰 소리로 물었어.

"가끔 놀러 가도 될까요?"

할아버지는 대답 대신 고개만 끄덕였어. 그때부터 나는 종종 여자애와 멀대, 아니 신혼부부의 방문을 받게 되었지. 여기서 나의 매력을 무시할 인간은 없다는 식상한 얘기를 또 할 필요는 없겠지? 하지만 나보다 더 아이들을 기다린 건 할아버지야. 인간들은 고양이보다 외로움을 잘 타니까.

꠺ ꠺

지은, 지훈이래.

아랫집 애들 말야. 신혼부부라기보다 남매 같은 조합 아니니? 둘은 고등학교 동창이었는데 지은이가 먼저 좋아했다나. 지은이는 그림만 잘 그렸고, 지훈이는 공부만 잘했대. 지훈이가 얇은 금테 안경을 쓰고 햇살 드는 창가에서 공부하는 모습을 지은이가 물끄러미 보다가 그림으로 그렸다지. 지훈이가 그걸 어쩌다 보게 됐고, 당황한 지은이가 얼떨결에 고백했다나?

"난 네 금테 안경 밑으로 보이는 갈색 주근깨가 좋아"라고. 그런 것도 고백이 될 수 있는지는 모르겠지만 암튼 좋아한다는 얘기였다니 뭐. 더 놀라운 건 지훈이가 그걸 알아들었다는 거지. 천생연분이란 게 따로 있나.

그 이후로 두 사람은 날씨가 좋은 주말에 가끔 만나고 그랬나 봐. 첫 데이트 때는 엄청나게 큰 공원을 말없이 두 바퀴나 돌았대. 다섯 시간 동안이나! 인간에게 다섯 시간은 고양이에겐 하루가 넘는다구. 사랑은 정말 위대한 건가 봐. 나처럼 집에 갇혀 사는 고양이는 측량할 수 없을 정도로 말야.

그런데 고등학교를 졸업하고 1년쯤 후에, 그러니까 이번 봄에 지은이가 아기를 갖게 된 거야. 양쪽 집에서는 난리가 났지만 두 사람은 오히려 잘됐다고 친구들 중 제일 빨리 결혼을 하기로 했다나. 인간들은 그런 것에도 1등이 중요한가 봐? 암튼 지금 지훈이는 대학교 다니면서 아르바이트를 하고, 지은이는 집에서 그림을 그려. 그게 먹고사는 데 도움이 되는지는 나도 잘 모르지.

지은이는 놀러 와서 가끔 나를 그리기도 했어. 연필로 슥슥 삭삭 빠르게 스케치를 하는데도 제법 거울 속 나를 닮은 걸 보면 재능이 있는 것 같아. 지훈이는 말이 거의 없지만 지은이가 조잘대면 옆에서 잘 들어주고 많이 웃어줘. 비쭉 키만 큰 놈을 왜 좋아하는지는 알겠더라고. 내 취향은 아닌 거지 뭐.

아이들이 오면 나도 뛰어다니며 놀 수 있어서 좋아. 세상에 레이저만큼 고양이 혼을 빼놓는 건 없다고. 사랑 언니랑 놀 때 생각이 많이 나지. 알잖아? 나의 전성기, 벨 에포크!

하루는 지은이가 내게 황금 펜던트가 달린 빨간 리본을 달아줬어. 황금 펜던트에는 내 이름이 쓰여 있대. 사람들 사이에선 그런 걸 고양이들한테 달아주는 게 유행인가 봐.

처음에는 좀 어색하고 불편한가 싶어서 리본을 잡겠다고 고개를 이리저리 돌리며 뒹굴어봤지만 지금은 내 목에 그런 게 달려 있는지도 모르겠어. 아마 털 사이에 묻혀 있나 봐. 지은이가 그리는 내 그림에는 늘 그 빨간 리본이 있으니까 아직 잘 달려 있으려니 하는 거지. 잘 지내는 것 같다고? 그래. 난 행복한 고양이야.

하지만……

PART 2
릴리, 사랑에 빠지다

항상 그럴 수는 없잖아.

사랑받는 고양이라고 해서 늘 행복할 거라 생각한다
면 오산이라구. 누구에게나 근심걱정은 있는 거고 집에
서 인간이 주는 밥 먹으며 깨끗한 데 사는 고양이라고
다를 거 없다니까. 아, 물론 나는 집에서 인간이 주는
밥 먹으며 더러운 데 사는 고양이고.

지금부터 잘 들어야 해. 이 낡은 아파트 단지에는 수
많은 길고양이들이 살고 있어. 인심 좋은 동네 주민들
덕분에 이 녀석들은 굶을 일이 없어. 말이야 바른 말이

지, 웬만한 집고양이 부럽지 않은 생활을 하고 있더라고. 아무데나 싸고 아무데서나 잘 자유까지 누리면서 말야. 해가 쨍쨍한 날이면 따듯한 아스팔트에 배를 깔고 누워 있는 녀석들이 어찌나 한가롭고 평온해 보이던지. 난 가끔 할아버지가 틀어놓는 TV 소리가 성가시기도 하거든.

철마다 다른 동 고양이들이 침범해서 '왜애애앵' '애애애앵' '하아아악' 듣기 거북한 싸움이 벌어지긴 해도 그거야 야생동물의 피할 수 없는 운명 아니겠어.

딱히 할 일이 없는 나는 베란다에 있는 낮은 캣타워에서 통유리 너머 길고양이들을 무심히 바라보곤 했어. 그러다가 몇 놈을 알게 된 거야. 의정부 원룸에서도 길고양이 소리야 자주 들을 수 있었지만 베란다도 없고 창문도 높게 달려 있어서 녀석들이랑 눈이 마주칠 일은 없었거든? 처음으로 길고양이들의 생활을 엿보는 건 나로서도 흥미진진한 일이었어. 그런데……

그 녀석이 거기 있었지.

무슨 사연이 있는지 꼬리가 뭉툭하고 짧은 놈. 강아지마냥 동네 사람들 아무나 따라다니고 만져달라고 뒹굴고 얌전히 안기기까지 하는 녀석. 고양이 망신이란 망신은 다 시키는 녀석. 어쩌면 고양이 탈을 쓴 개일지도 몰라.

그런데 사람들은 이 녀석을 동네 터줏대감이라면서 예뻐하지 뭐야. 흰색과 노란색 털이 섞여 있어서 '흰둥이' '노랑이', 부르는 이름도 다 다른데 그렇게 멋대로 불려도 이 녀석은 자기를 부른다는 걸 찰떡같이 알아듣고 50미터 밖에서 달려온다니까. 아이구 창피해! 넌 대체 바보 같은 거니 멍청한 거니.

녀석은 이 5층짜리 아파트를 마음껏 오르락내리락 할 뿐 아니라 반경 300미터 안에 있는 30마리쯤 되는 길고양이들을 총관리하고 있었지. 임신하면 먹이고, 새끼 낳으면 보살피고, 다른 동 고양이들이 들어오면 피 터

지게 싸우는 것도, 사료통에 사료가 떨어지면 이 집 저
집 다니며 구걸하는 것도 다 이 녀석이었어.

지은이도 애를 얼마나 챙기는지, 밥이며 물이며 갖다
바칠 뿐만 아니라 그 못생긴 놈을 스케치한 것도 수십
장은 되겠더라고. 실수인 척하면서 손톱으로 그 녀석
그림을 몇 장 찢어놓기도 했어. 그뿐이냐고? 가만있자,
커피를 엎지른 적도 한 번 있다. 아, 두 번.

🐾 🐾

올 것이 왔달까.

내 나이쯤 되면 말야, 고양이들은 언제든 발생 가능
한 불길한 일을 머릿속으로 몇 번씩 그려보기 마련이란
다. 최악의 시나리오를 쓰는 거지. 그래야 막상 닥쳤을
때 당황하지 않을 수 있거든. 고양이들이 웃기는 실수
를 저질러도 안 그런 척 시치미를 뚝 떼고 우아한 표정
을 지을 수 있는 건 이런 본능적 시뮬레이션 때문이야.
그래서 그런지 그날 일은 데자뷰 같았어.

글쎄, 할아버지가 그 녀석에게 밥을 주는 거야! 지은, 지훈 부부가 주로 길고양이들 밥을 챙기는데, 나들이를 갔는지 그날은 밥통이 비어 있었나 봐. 할아버지가 내 밥 봉투에서 한 컵을 뜨더니 현관으로 가더라고. 나는 소파에 배를 깔고 누워 있다가 벌떡 일어났지.

할아버지가 현관문을 닫자 나는 거구를 이끌고 베란다로 뛰어갔어. 캣타워에서 목을 빼고 할아버지가 건물 밖으로 나가길 기다렸는데, 다음 순간 나는 기겁을 하고 말았지 뭐야. 길고양이들 밥 주는 통이 아파트 현관에 있기 때문에 상황을 한눈에 알 수 있었어. 할아버지의 벗겨진 뒤통수가 반짝 하며 현관문을 지나더니 바로 뒤에 그 녀석이 나타나는 거야!

할아버지가 내 아까운 사료를 빈 햇반 플라스틱 통에 붓자 그 녀석은 앙팡지게 "냐아아아" 하는 소리까지 내면서 그 통에 얼굴을 들이밀더라고. 야, 그거 내 밥이야! 먹지 마! 떨어져!

그건 시작에 불과했어.

얼마 후부터 할아버지가 아예 저렴한 길고양이용 사료를 주문해서 본격적으로 캣대디 노릇을 하더라고. 내 사료가 워낙 고급이라 사료비 지출이 컸었나 봐. 나는 거기에 길들여져서 다른 사료는 쳐다보지도 않거든. 근데 길고양이 녀석들은 보통 편식을 안 하잖아. 그래서 튼튼해 보이는 걸까?

그렇게 2주가 지나자 이 녀석은 밥이 없으면 아예 우리 집 앞까지 올라와 울더군. 나는 위협을 느낄 수밖에 없었어. 녀석이 이끄는 몇 마리 길냥이들이 함께 따라붙어 밥 먹는 모습을 보면 화도 나고, 혹시 할아버지가 걔네들 중 한 마리를 집으로 들이는 건 아닐까 무서운 상상도 했지. 나중에는 악몽까지 꾸게 됐다니까! 잠도 하루에 12시간밖에 못 자겠더라구. 고양이에게도 불면증은 무서운 병이란다.

그래서 할아버지가 밥을 주러 나가면 나는 베란다 캣타워에 올라가 가능한 한 무서운 표정으로 아래를 노려봤어. 한번은 할아버지가 길고양이들 밥 먹는 모습을 보다가 뒤통수가 따가웠는지 내 쪽으로 고개를 탁 돌리더라구. 그때 범죄 현장을 들킨 것처럼 소스라치게 놀라던 할아버지의 표정은 지금도 잊을 수가 없네. 엄청 섬뜩했을걸? 냐하하하하하하.

🐾 🐾

그래서 고민이 뭐냐구?

그 녀석이 신경 쓰여서 힘들었던 거냐고? 고양이 질투 때문에? 미안. 이야기가 딴 데로 샜네. 쑥스러워서 그랬나 봐.

유난히 무더웠던 여름이 끝나갈 때쯤이었을 거야. 하루는 그 녀석이 너무 배가 고팠는지 집 앞에서 계속 울어댔어. 난 신경이 온통 곤두서서 현관문에 코를 대고

쿵쿵거렸단다. 우린 현관문을 가운데 두고 대치한 상태였던 거지. 녀석도 내 존재를 의식했는지는 잘 모르겠지만 나에 대해서는 알고 있었을 거야. 할아버지가 밥을 가지고 나가실 때 녀석이 문 앞에 있다가 나를 본 적이 몇 번 있거든.

그날도 그 녀석이 시끄럽게 울어대니까 침대에 누워 계시던 할아버지가 느릿느릿 몸을 일으키며 나오시는 거야. 나는 나올 필요 없다고, '왜애앵' 소리를 내며 등을 살짝 세워봤지만 소용없었어.

할아버지가 사료를 가지러 다용도실에 들어가다가 살짝 휘청거리시자 나는 화가 머리끝까지 났지. 난 이 불한당 같은 녀석, 내가 가만 안 놔둘 테다 하면서 할아버지가 현관문을 열자마자 쏜살같이 녀석을 들이받으면서 집 밖으로 나갔단다.

하지만 그건 내 착각이었어. 꼬짤이는, 아참, 나는 그 녀석을 꼬짤이라고 불러, 나를 슬쩍 피해 계단 아래로 한 칸 내려간 뒤였고 나는 너무 세게 뛰어나가는 바람에 앞집 현관문에 머리를 박고 튕겨 나와 발라당 뒤집혔지 뭐야.

✿ ✿

헐헐헐.

그건 내 평생에 최고로 창피한 순간이었어!! 그런 장면만큼은 시뮬레이션해본 적이 없었거든. 나는 그 순간을 수도 없이 다시 떠올리곤 했어. 그럴 때마다 멋쩍어서 발바닥에 침을 묻혀 마구 얼굴에 문댔고. 인간들이 이불킥하는 거랑 비슷한 거랄까.

그날, 머리가 얼얼하고 등짝도 너무 아팠지만 고양이 본능대로 별일 아니라는 듯 재빨리 몸을 뒤집는 사이, 꼬짤이가 내 눈 앞에 서 있었어. 나를 피해간 그 날렵한 앞다리는 세우고 엉덩이는 바닥에 찰싹 붙인 채로 말야. 그렇게 가까이에서 꼬짤이를 본 건 처음이었어.

그때 마법이 일어난 거야. 길고 하얀 다리, 마치 볼터

치를 한 것처럼 뺨 옆에 동그란 반점을 가진 꼬딸이의 첫인상은 믿을 수 없게도 참…… '아름답다'였어!

그 녀석이 물었지.

"괜찮아?"

부딪칠 때 고막이 잘못된 건 아닐까. 아니면 뇌세포가 다 죽어버린 걸까.

'괜찮아?' '괜찮아?' '괜찮아?' 이 단어가 메아리치듯 여러 번 귓가를 울렸지. 그가 처음 내게 걸어왔던 말이거든. 평생 잊지 못할 단어가 된 거지.

현관문이나 베란다 안에서 듣던 것과는 너무 다른 감미로운 목소리였어. 상상이나 했겠어? 그 녀석이 싸울 때나 배고플 때 내는 신호 말고 다른 소리를 낼 거라는 걸 말이야.

'그날' 이후…….

나는 꼬짤이에게 훨씬 더 집착하게 됐어. 이전까지와는 다른, 아니 한 번도 경험해본 적이 없는 간질간질한 느낌이 심장 주변에서 꿈틀댔지. 베란다 캣타워에 온종일 엎드려서 그 녀석이 어디 있는지 계속 눈으로 좇게 된 거야.

내가 볼 수 있는 곳에 있으면 안심이 되고 그렇지 않으면 왠지 불안해졌어. 꼬짤이와 눈이라도 마주치지 못한 날은 가슴에 뭐가 걸린 것처럼 답답하고, 갑자기 슬픈 감정이 밀려와 잠을 못 이루기도 했지. 시도 때도 없이 가슴 안에서 무거운 것이 쿵 떨어지는 것 같기도 했고 말야.

나는 전에 없이 체중도 빠지고 털도 뻣뻣해지기 시작했어. 눈도 퀭하게 들어가고. 다행히도 할아버지는 당신 몸이 워낙 안 좋아서 내가 달라진 걸 잘 눈치채지 못했지.

그래도 몸이 가벼워진 건 좋은 일이야. 사실 그 즈음 캣타워에서 뛰어내릴 때마다 발목이 시큰했거든. 지은이도 나를 안을 때마다 가벼워졌다는 말을 하곤 했어. 사랑 언니 집에 있을 때 정도의 체중이 된 걸까? 의도한 다이어트는 아니었지만 나도 거울 앞에서 감탄하게 됐지. 음, 나도 이제 꽤 날렵한 고양이야 하고. 다크 서클만 없어지면 좋을 텐데. 연애 세포가 깨어나면 외모에 관심을 갖게 되는 거, 고양이들도 똑같아.

인정할게.

난 처음으로 고양이를 좋아하게 된 거야. 정확히 설명할 수는 없지만 그건 사랑 언니를, 할아버지를, 지은이와 지훈이를 좋아하는 거랑은 확실히 다른 감정이었어. 사랑 언니를 생각하면 다시 볼 수 없다는 생각에 슬프면서도 추억 때문에 마음이 포근해지거든. 그런데 그 녀석은 멀리서 보고 있어도 마음이 찢어질 것 같은 때가 있는 거야.

 그러니까 고양이가 고양이에게 사랑을 느끼다니 비극이지. 게다가 상대를 좀 보라고. 하는 짓은 꼭 개랑 비슷한 저 녀석에게.

 더 기분 나쁜 게 뭔지 알아? 그 놈 주변에는 예쁜 아가씨들도 많아 보인단 말이야. 털에 윤기가 흐르고 코가 납작하고 귀가 자그마하고 눈이 투명하고 동그란 아이들, 세모난 얼굴이 내 젤리 크기밖에 안 되는 어린아이들이 그 녀석 주위에 알짱대.

 이것 봐. 이런 하찮은 걸 신경 써야 하는 게 사랑이라구. 나만 사탕 안 준다고 울어대는 다섯 살짜리보다 더 유치해지는 게 사랑이야. 보드게임에서처럼 사랑을 거부할 수 있는 '찬스' 같은 게 있다면 당장 사용하는 게 좋다는 걸 꼭 기억하렴.

 하지만 이미 이 지독한 바이러스에 감염이 된 후라면

말야, 인정하는 게 더 마음이 편하다는 거 아니? 사랑 언니가 즐겨 보던 드라마나 영화의 모든 연인들도 그랬어. 마음을 감추려고 하면 할수록 괴로워했으니까.

재채기를 참는 것과 비슷하다고나 할까? 참을 수 있다 해도 속으로 병이 들겠지. 그러니까 어차피 끝까지 감출 수 있는 것도 아니야.

🐾 🐾

그래서 나는 더 늦기 전에 고백해야겠다고 생각했어. 지은이도 지훈이에게 먼저 좋아한다고 얘기했다잖아? 둘은 아주 잘 살고 있다고. 물론 지은, 지훈이 얘기가 내가 아는 유일한 현실의 러브 스토리지만.

비가 내려서 공기가 축축한 게 기분이 한없이 멜랑콜리해지던 날이었지. 마침 꼬짤이가 집 앞에 와서 밥을 달라고 울고 있었고, 할아버지는 열이 나서 못 움직이고 계셨어. 나는 그 틈을 타 현관문 앞 타일에 배를 대고 엎드렸어. 그리고 말을 걸었지. 나의 두 번째 추파가 시작됐어.

　"이봐. 나 알지?"

　"빨간 리본 고양이?"

　빨간 리본? 아, 그 빨간 리본. 아직도 내 목에 그런 게 달려 있나 보군.

　어쨌든 그의 목소리는 여전히 시원시원했어. 내 몇 올 튀어나온 귀털에 착 감기면서도 당당함이 느껴지는 그 목소리!

　나는 아찔해지려는 정신을 붙들고 다시 물었지.

　"이봐. 혹시, 만약에 말이야……."

　"응. 듣고 있어."

　나는 눈을 꼭 감고 물었어.

"넌 집고양이에 대해 어떻게 생각해?"

"집고양이?"

"응. 혹시 집고양이들을 질투하거나 하는 건 아니겠지?"

아뿔싸! 이런 말을 하려고 했던 건 아니었는데. 황당한 질문이라 생각했는지 꼬짤이는 잠시 말이 없었어.

"그렇게 보였어?"

"아니, 그냥 궁금해서."

나는 털로 뒤덮인 내 작은 얼굴이 화끈거리는 걸 느꼈어. 바보같이 왜 그런 질문을 했을까? 내가 민망해서 그루밍하듯 팔로 얼굴을 쓱쓱 문지르고 있을 때, 바로 그때였어.

"질투라니, 좋아한다면 모를까."

"뭐라구? 누구를?"

난 내 귀를 의심할 수밖에 없었지.

"거기 또 누가 있나, 빨간 리본 고양이. 설마 할아버지가 네 탈을 쓰고 우리말을 하고 있는 건 아니겠지."
"아니, 믿을 수가 없어서 그래."
"왜 믿을 수 없는데?"

그 녀석은 상대방이 머뭇거리지 않고 말을 하게 만드는 요령을 알고 있었어.

"내가 좋아하는 고양이가 나를 좋아할 확률이란 극히 드물다고 언니가 그랬는데."
"언니? 너희 집엔 너랑 할아버지 밖에 안 사는데, 그게 누구야?"

내가 알게 된 꼬짤이의 성격 첫 번째, 호기심이 많다.
난 호기심이 많은 고양이와 사랑에 빠졌어.

"예전에 나랑 살던 언니야. 할아버지는 사랑 언니의
아빠고."
"그 언니라는 작자가 널 버려서 여기 오게 된 거니?"

꼬짤이가 약간 으르렁거리듯, 그러나 조심스럽게 물
었어.
내가 알게 된 꼬짤이의 성격 두 번째, 다정하다. 난
다정한 고양이와 사랑에 빠졌어.

"그게 아니라…… 언니는…… 이제 이 세상에 없거
든!"

나는 당황해서 큰 소리로 말을 내뱉었는데, 그리고
나니까 갑자기 주변이 고요해져버렸지 뭐야. 아주아주

이상한 기분이 들었어. 뭐라 설명하기는 어렵지만 몸에서 일어난 반응은 확실히 기억나. 속이 막 울렁거리고, 뭔가 뜨거운 것이 배 밑에서부터 올라오는 것 같기도 하고, 코끝은 시큰거리더라구. 좋아하는 고양이에게서 먼저 고백을 들은 것과 오랜만에 사랑 언니를 떠올린 것, 어떤 것의 영향이었을까? 둘 다였을까?

꼬짤이는 한동안 침묵을 지키다가 조심스럽게 말을 건넸어.

"상심이 컸겠구나."

그 말투가, 목소리가 너무도 부드럽고 온화해서 나는 왈칵 눈물이 쏟아졌어. 목이 메어서 아무 말도 못 했지.

"많이 힘들었겠네. 하지만 걱정 마. 누나는 좋은 곳으로 갔으니까. 고양이를 돌봐주는 사람은 다 좋은 곳으로 가는 법이야. 조금 일찍 갔을 뿐이지. 우리도 곧 만나게 돼."

이런 게 위로라는 걸까. 방망이질 치던 가슴이 커다란 호수처럼 잔잔해졌어. 꼬짤이의 목소리는 거의 음악처럼 들리기 시작했어.

그때부터는 졸음이 쏟아질 것 같기도 하고 약간 멍멍한 게 꿈을 꾸는 것 같기도 했지. 그래서 사실 그 다음 대화들은 잘 기억이 안 나. 어쨌든 빨간 리본을 단 집고양이와 꼬리가 짧은 길고양이는 그날부터 그렇게, 특별한 사이가 됐어.

🐾 🐾

두 마리의 고양이.

그래, 이제 두 마리의 고양이가 날마다 두 시간씩은 현관문을 사이에 두고 화답하듯 울어댔어. 서로의 마음만 있다면 현관문 같은 건 문제가 되지 않는다는 걸 알게 됐지. 우리는 많은 이야기를 나눴어. 꼬짤이는 늘 용감하고 씩씩해 보였지만 옛날 주인이 자기를 버리고 이사 가던 날의 충격이 아직도 생생하대. 복막염에 걸려 거의 죽을 뻔한 것을 옆 동에 사는 청년이 병원에 데려 갔다나 봐. 나도 아는 사람인 것 같아. 늘 똑같은 모자를 쓰고 다니거든. 그 청년은 아직도 동네에 병든 고양이가 있으면 돌봐준대.

참 신기하지? 어떤 사람은 같이 살던 고양이를 버리고 가고, 어떤 사람은 자기와 아무 관계도 없는데 돈을 들여 고쳐주고. 세상 사람들이 다 나쁘거나 착한 건 아닌가 봐.

고양이한테도 그런 게 있을까? 착한 고양이, 나쁜 고양이 같은 거 말이야. 만약 있다면 꼬짤이는 착한 고양이일까?

아마 그럴 거야. 몸이 회복돼 다시 돌아온 다음부터 동네를 떠나지 않고 자기가 다른 길고양이들을 지켜줘야겠다고 결심했다니까. 참 멋지지? 사랑은 그런 건가 봐. 계속 그를 자랑하고 싶은 것.

　나는 꼬짤이의 과거를 들으면서 나를 많이 돌아보게 됐어. 나도 꼬짤이처럼 묘생의 목표가 있으면 좋겠다는 생각도 처음 들었고. 이것 역시 사랑의 속성 중 하나일 테지. 이렇게 평범한 나도 더 나은 고양이가 되고 싶게 만드는 것.

　할아버지는 몸 상태가 나쁘지 않을 땐 언제나 길고양이들에게 밥을 주러 나가셨어. 그럴 때, 우리는 가까이에서 얼굴을 마주할 수 있었지. 운이 좋을 때는 살짝 뺨을 비비기도 했어. 할아버지는 소스라치게 놀라며 둘을 떼어놓았지만. 내가 길고양이에게 병이라도 옮을까 걱정이었던 거지. 나도 왕년에는 마당에서 흙발로 다녔었는데 말이야.

　전에 사랑 언니가 『어린 왕자』라는 책을 읽어준 적이 있거든? 나는 어린 왕자에게 길들여진 여우가 어린 왕자를 기다리듯 매일 꼬짤이를 만나는 시간을 간절히 기다렸어.

밤부터 새벽까지는 내가 캣타워에 올라가 베란다 밖을 내다봤어. 꼬짤이는 주차된 차 위에 올라가 나를 쳐다봤지. 그렇게 조금 떨어진 곳에서 눈빛을 교환하며 서로의 존재를 계속 느꼈던 것도 잊지 못할 추억이 되었단다.

PART 3
릴리, 모험을 떠나다

🐾 🐾

초인종이 울렸어.

여름의 기세등등했던 햇볕이 한풀 꺾이던 날이었지. 이제 곧 가을이 오겠구나 기대 반 쓸쓸함 반이 올라오는 그런 날. 이 집 초인종은 거의 울리는 일이 없기 때문에 나는 귀를 뒤로 바짝 젖혔어. 1층 부부가 놀러 올 때는 현관문을 노크하듯 두들기거든. 그리고 "할아버지~" 하는 지은이의 코맹맹이 소리가 들려.

할아버지가 느릿느릿 현관문을 열자, 얼굴도 가슴도 배도 동그란 중년의 여자가 서 있었어.

"할아버지, 몸은 좀 괜찮으세요?"

"뭐, 그럭저럭합니다."

"재건축 때문에 왔어요. 제가 전에 전화로 다 설명은 드렸죠?"

아줌마는 할아버지 뒤에 서 있는 나를 흘끔 보더니 살짝 미소를 지었지만 다시 바쁘다는 듯 말을 이었어. 나는 아줌마의 긴 설명을 다 듣고 난 후에도 무슨 말인지 도무지 알 수가 없었지. 무슨 서류는 언제까지 만들어야 되고, 어디다 어떻게 해야 되고, 뭐 그런 이야기인 것 같던데? 근데 할아버지도 나처럼 못 알아들었나 봐.

"저기, 그런데 무슨 소린지 내가 잘⋯⋯."

"아, 어려우시죠. 혹시 자녀분 없으세요?"

아줌마는 아이처럼 발랄하게도 묻더라. 아줌마는 사랑 언니 일을 몰랐던 거지. 그때, 나는 모르는 게 죄가 되기도 한다는 걸 알게 됐어. 할아버지는 내가 몇 년 동안 못 보던 표정을 지었지. 사랑 언니 일이 있은 지 얼마 안 되었을 때, 그러니까 내가 처음 이곳에 왔을 때 봤던 표정과 닮았다고 해야 하나? 넋이 나갔다는 표현이 맞을 거야, 아마. 해가 지나는 동안 눈동자의 광채는 많이 흐릿해졌지만 그때 얼굴과 자꾸 겹쳐지더라구.

그런데 그 아줌마는 왜 온 걸까? 처음엔 다 인간들의 일이니까 신경 끄자 싶었어. 그런데 고양이의 촉이 발동했는지, 밤에도 자꾸만 아줌마 목소리가 머릿속에 맴도는 거야. 나는 세상의 모든 일을 다 알고 있는 내 남친, 꼬깔이에게 물어봤어.

🐾 🐾

"뭐라구?"

현관문을 사이에 두고, 나는 거듭 되물을 수밖에 없

었단다.

"우리가 이사를 간다고?"

꼬짤이는 나에게 조곤조곤 설명을 계속했지.

"가야만 하는 거지. 아파트를 허물고 다시 짓는데."
"왜?"
"너무 낡았으니까."

나는 조금 생각해보다가 고개를 끄덕였어. 할아버지와
지은이 부부가 수도에서 녹물이 나오네, 천장에서 빗물
이 새네 뭐 그런 이야기를 했던 것 같아서. 그렇지만 내
머리는 레이저 빛을 쫓아가다 벽에 박았을 때처럼 계속
띵했어.

"그럼 이 동네에는 아무도 안 살게 되는 거야?"

"그렇겠지."

"너한테 밥을 주는 사람도 없겠네?"

"응……. 그럴 거야……. 있잖아 우리……."

꼬짤이가 뭔가 다른 말을 꺼내려는 것 같았는데 나는 너무 놀라서 말허리를 톡 자르고 말았어.

"그럼 넌 뭘 먹고 살아?"

"우리 다른 얘기할까? 오늘은 할아버지가 간식 주셨어?"

꼬짤이는 전에 없이 화제를 돌리려 했지만 나는 대꾸하지 않고 좀 뜸을 들이다 물었어.

"재건축이 되면 우리도 헤어지는 거야?"

꼬짤이는 기어이 올 것이 왔다는 듯한 한숨을 길게

쉬었어.

"아마도."

아휴. 이 멍청한 고양이. 나는 내 머리를 한 대 쥐어박고 싶을 정도였어. 그런 걸 왜 물어봤을까? 난 처음으로 내 아이큐가 지훈이보다 나쁠 거라 생각했어. 지훈이는 내가 아는 인간 중 제일 똑똑하거든. 하지만 머리 나쁜 고양이보다 더 나쁜 건 눈치 없는 고양이야.

🐾🐾

그날 이후⋯⋯.

꼬짤이와 나는 어쩐지 서먹해졌어.

현관문을 사이에 둔 대화도 뚝 끊겼지. 나는 입이 무거운 고양이가 되었어. 생각이란 게 꼬리에 꼬리를 물더라구. 길에서 사는 고양이와 집에서 사는 고양이가 사랑하면 안 된다는 이유가 이런 걸까. 결국 헤어지게 되어 있어서? 그렇다면 돈 때문에 만나고 돈 때문에 헤어지는 인간들의 연애랑 다를 게 없잖아. 나는 항상 고양이는 인간보다 훨씬 나은 존재라고 생각했거든.

그런데 왜 누구는 길고양이였다가 집고양이가 되고, 누구는 집고양이였다가 길고양이가 되는 걸까. 그런 건 누가 결정하는 거야?

나는 엄밀히 말해 길고양이였던 적은 없어. 하지만 식당에 계속 있었다면 이렇게 안전하고 편안하게 더위와 추위를 피할 수는 없었을 거야. 보일러와 에어컨 같은 게 뭔지도 몰랐겠지. 식당에서 손님들이 먹다 남긴 음식물 찌꺼기들을 먹었을 거고. 엄마, 아빠는 밥을 먹고 나면 입 주변이 지저분해져서 오랫동안 세수를 하곤 했지.

아파트가 허물어지면 나는 할아버지와 함께 어디로든 이사를 가겠지만, 꼬짤이는 어떻게 될까? 곧 추워지는데, 몸을 녹일 곳은 있나? 사람들이 밥을 안 주면 쥐를 잡아먹나? 아무리 경험이 많은 꼬짤이라고 해도 사냥을 해본 적이 있을까?

나는 그동안 한 번도 궁금해 하지 않았던 것들에 대해 계속 질문을 던졌어. 사랑은 그런 건가 봐. 고양이를 철학적으로 만들어 주는 것. 그리고 다른 고양이의 처지를 염려하게 만드는 것.

🐾 🐾

점점 견디기 힘들었어.

꼬짤이와 대화하지 않는 시간이 길어졌거든. 이해도 됐지만 화도 났지. 이별이 코앞이니 이제부터 모른 척 하시겠다 그건가? 꼬짤이가 그런 비겁한 고양이라고 생각하고 싶지는 않았지만 내가 어떻게 알겠어. 평생 처음 사귄 고양이인걸. 그래도 성숙한 고양이라면 다른 고양이에 대해 성급히 판단해서는 안 되는 법이니까, 나는 일단 꼬짤이에게 말을 걸어야겠다고 마음먹었어. 그래도 어떻게 이 침묵을 깨뜨려야 할지는 막막하더라.

며칠 후, 기회가 왔어. 밖에 꼬짤이가 있다는 걸 확인한 다음, 나는 현관문을 박박 긁었지. 물론 잘 긁히지 않고 미끄러지기만 했지만. 성숙한 고양이는 무슨. 난 그때 처음으로 꼬짤이에게 하악질을 했어. 아니, 처음이자 마지막으로. 꼬짤이는 내가 좀 진정할 때까지 잠시 기다리더니 말을 꺼냈어.

"있잖아……."

근데 그 순간에 지은이가 올라온 거야. 이제 제법 배가 많이 나왔더라구. 신기하게도 그 배 안에 작은 인간이 들어 있대. 꼬짤이는 깜짝 놀랐지만 곧 한 발 물러나 지은이를 향해 "냐아아아" 아는 척을 했어. 예의 그 늠름하고도 다정한 목소리를 들으니 며칠 동안 꼬짤이에 대해 가졌던 오만 가지 부정적인 감정이 다 눈 녹듯 사라져버렸지.

"어, 흰둥이가 있었네~."

지은이는 꼬짤이를 한두 번 쓰다듬는 듯하더니 할아
버지를 부르며 노크를 했어. 신혼부부는 꼬짤이를 흰둥
이라 불러. 하얀 부분은 배뿐인 데도 말이야. 그림은 꽤
그리는데 센스는 좀 떨어지는 것 같아.

어쨌든 나는 할아버지가 지은이에게 문을 열어주는
잠깐 사이에 꼬짤이를 볼 수 있었지. 녀석은 계단 두 칸
밑에 앉아 뭔가 굳게 다짐한 눈빛을 내게 보냈는데, 그
게 어찌나 강렬했는지 나는 몸이 딱딱하게 굳는 것 같
더라구.

🐾 🐾

"언제 이사하실 거예요?"

자기 집인 양, 편하게 커피포트에 물을 끓이면서 지
은이가 물었어.

"아직 못 알아봤는데. 몸이 이래서."

할아버지는 가래가 잔뜩 낀 목소리로 콜록콜록거리며 말씀하셨어.

"빨리 알아보셔야 해요. 연말까지는 나가야 하니까요."

지은이는 머그컵에 물을 따랐어. 유자의 향긋한 냄새가 아담한 집 안을 가득 채웠지.

"너희는 집 구했니?"
"네. 저희는 원래 재건축 땜에 부동산 통해서는 못 들어오는 건데 교회 집사님이 그저 빌려주시다시피 해서 몇 개월만 있었던 거거든요. 끝까지 버티다가 12월 31일에 이사하기로 했어요. 요 앞 동네예요. 길 건너 시장 근처."

"그렇구나. 이사할 때 너무 춥지 않겠니? 콜록."

"괜찮아요. 지훈이는 추운 날씨를 좋아해요."

할아버지는 깊게 한숨을 쉬셨어.

"저희가 도와드릴 일 있으면 뭐든 말씀하세요."

"고맙구나. 아무래도 병원에 가야 할 것 같은데……."

"네. 언제 가시게요?"

유자차를 후후 불면서 지은이가 물었고 할아버지는 다시 가래 끓는 기침을 했어.

"빠르면 좋겠구나. 내일은 어때?"

"내일요? 음……, 오전엔 괜찮을 것 같아요."

머그잔을 식탁에 놓고 지은이는 발 아래 있는 내 등을 여러 번 쓰다듬었지. 이제 몸을 굽히기는 많이 힘들어 보여서 내가 앞발을 세우고 살짝 일어났어. 쓰다듬어 달라는 듯이 고개를 들이밀었더니 지은이가 "세상에서 제일 예쁜 우리 릴리!" 하며 두 손으로 내 얼굴을 감싸 쥐었지. 그리고 할아버지가 방 안에서 쉬시는 동안 오뎅꼬치로 놀아줬어.

할아버지와 지은이의 대화를 들으니까 이 집을 떠나야 할 날이 코앞으로 다가온 것 같아 가슴에서 덜컹거리는 소리가 났어. 사실 놀 기분이 영 아니었는데 1층 손님을 실망시키지 않으려고 온 힘을 다해야 했지. 착한 고양이라면 사람도 배려할 줄 알아야 하니까.

그런데, 꼬짤이는 무슨 말을 하려고 했던 걸까?

🐾 🐾

"집에서 나와."

그건 절대로, 정말로 안 될 얘기였지. 꼬짤이가 나에게 가출을 하라고 한 거야. 할아버지가 지은이와 병원에 간 틈을 타서 우리는 이 문제에 대해 이야기하고, 이야기하고, 또 이야기했어. 똑같은 과정과 결론의 반복이었지.

아무리 사랑에 눈이 멀었어도 아픈 할아버지를 버리고 집을 나간다? 그건 착한 고양이가 할 짓이 아니잖아. 사랑 언니가 읽어준 『피터팬』이라는 소설에는 나와 이름이 같은 소녀가 나오는데 아주 의리 있는 아이였어. 후크 선장의 납치와 협박에도 피터팬이 어디 있는지 말하지 않았거든. 난 그 이야기를 들으면서 릴리 같은 고양이가 되어야겠다고 생각했었어. 언니도 내 이름을 부를 때마다 그 소녀를 떠올리지 않았을까?

그래서 꼬짤이의 말을 들은 난 처음엔 아무 말도 하지 못했고, 그 다음엔 화를 냈고, 그 다음엔 서럽게 울었어. 꼬짤이는 각오했다는 듯 끈질기게 나를 설득하기 시작했지. 할아버지가 편찮으시기 때문에 내가 나와야 하는 거라고. 이미 나를 돌볼 힘이 없으신데 이제 이사까지 가면 난 한없이 우울해질 거라고. 그러면 묘생도 끝이라고. 행복한 고양이로 살고 싶으면 이 아파트 단지를 떠나 새로운 곳에 자리를 잡아야 한다고.

나는 할아버지를 떠난다는 상상만으로도 죄책감이 들어서 계속 더 큰 소리로 울기 시작했어. 할아버지를 모시고 오던 지은이가 아파트 밖에서 내 울음소리를 듣고 깜짝 놀라 뛰어 올라올 때까지.

🐾 🐾

사람들이 개를 좋아하는 이유는…….

개가 충성스럽기 때문이래. 인간 말도 잘 듣고, 같이 살던 인간을 떠나지 않는다는 거지. 개는 인간을 주인이라고 생각한다나.

어쩌면 자기가 원하는 걸 얻기 위해 연기를 하는 건지도 몰라. 그런 걸 '정치적'이라고 하더라. TV에서 들었어. 집에 네 식구가 있으면 눈치껏 1위부터 4위까지 권력의 순위를 매기고 거기에 따라 조금씩 차별을 한다는 거야. 그러니까 사람들은 개들의 천사 같은 얼굴에 속고 있는지도 모른다고.

　하지만 고양이는 달라. 인간은 인간이고 고양이는 고양이일 뿐이라 생각하거든. 서로의 삶에 피해 안 주고 살면 그걸로 된 거지.
　냉정하다고 할 게 아니야. 할아버지에게도, 신혼부부에게도 나는 정이 많이 들었어. 하지만 인간들의 재건축 때문에 지금의 삶이 깨질 수밖에 없다면 고양이도 계속 살아갈 방법을 고민해야만 해.

　하지만, 내가 떠나면 할아버지는 어떻게 될까? 곁에 나처럼 오만한 털복숭이 동물이라도 한 마리 왔다 갔다 하니까 아직 살아계신 건 아닐까. 사랑 언니는 원룸 창문에 드리운 가로수의 실루엣을 가리키며 『마지막 잎새』 이야기도 해줬었지. 많이 아픈 소녀가 있었는데 겨울이 다 가도록 창밖 나뭇가지에 잎새 하나가 끝까지

붙어 있는 걸 보고 병을 이겨냈대. 그 잎새는 사실 아랫집 사람이 그린 그림이었는데도 말야. 할아버지에게는 나도 그 마지막 잎새 같은 존재일 수 있잖아.

❀ ❀

결심했어.

내가 한 일에 대해 이해받길 원하는 건 아니야. 그렇지만 아무 생각 없이 저지른 일은 아니라는 걸 알아줬으면 좋겠어.

이제 어떤 고양이가, 설사 개가 욕을 한다 해도 마음을 바꾸지 않으려구. 왜냐하면 정말 죽도록 고민했거든. 이만큼 오래, 열심히 생각해서 내린 결정은 바꾸지 않는 게 좋아. 돌아보지 않는 게 맞는 거라고.

처음에는 꼬짤이와 절교하려고도 해보고, 이사를 가도 행복하게 살 수 있을 거라 긍정적으로 마음먹으려고도 해봤어. 하지만 그게 다 내 바람이란 건 날이 갈수록 확실해지더라. 우리 동은 물론이고 앞 동, 옆 동에서 매일 이사하는 소리가 들렸거든. 그럴 때마다 자꾸만 미래에 대해 자신이 없어지는 거야. 쿵쾅쿵쾅거리며 한 집이 이사를 나가면 이 동네는 한 꺼풀 더 어두워지지. 그런데도 할아버지는 콜록거리기만 하실 뿐 갈 곳을 못 정하신 것 같더라구.

게다가 갑자기 바람이 차가워지던 날부터 할아버지는 누워계신 날이 훨씬 많아졌고, 내 생활도 점점 더 힘겨워져 갔지. 화장실은 물론이고 밥그릇, 물그릇도 너무 더러워져서 난 내가 병에 걸리지나 않을까 불안해졌어.

지은이 부부가 틈틈이 챙겨주긴 했지만 지은이도 점점 몸이 무거워져 가는 터라 나에게 예전만큼 신경을 쓸 수가 없었어. 우리가 이사를 가면 거기서도 지은이 부부처럼 내게 잘해주는 사람이 있을까? 그건 장담할 수 없는 거 아냐?

그래서 난 내가 할아버지에게 마지막 잎새가 아니라

애물단지라고 생각하기로 했어. 아무 짝에도 쓸모는 없는데 손이 가는 물건 말이야. 그게 사실이든 아니든 그래야 정든 할아버지를 떠날 수 있으니까. 내가 없으면 할아버지도 홀가분하게 어디로든 가실 수 있을 거라고 그렇게 나 스스로를 정당화시켰지.

나와 꼬짤이는 가을이 더 깊어지기 전에 작전을 개시해야 했어. 나는 꼬짤이와 자유롭게 거리를 뛰어다니고, 흙을 파고, 나무 기둥을 긁고, 풀밭을 뒹굴 생각을 하며 마음을 달랬어. 물론, 굳은 결심과 달리 두려움이 앞섰지. 내가 몇 번이나 파양 당하긴 했어도, 길고양이는 처음이잖아.

🐾🐾

첫 서리가 내리던 날······.

할아버지가 병원에 다녀오시면서 현관문을 잠깐 열었을 때, 나는 쏜살같이 가느다란 할아버지 다리와 통통한 지은이 다리 사이로 집을 빠져나왔어. 꼬짤이가 2

층에서 나를 기다리고 있었지.

　나는 난생처음 가보는 길이었지만 뒤도 돌아보지 않고 꼬짤이를 따라 뛰었어. 이게 집고양이한테 얼마나 어려운 일이었는지 아마 모를 거야. 모든 게 사랑하는 고양이가 옆에 있었기에 가능했던 거지.

　얼마나, 어떤 방향으로 뛰었는지는 당연히 기억이 나질 않아. 오로지 꼬짤이의 뭉툭한 꼬리를 보며 엄마 젖 먹던 힘까지 내서 뛰었다는 것밖에는.

PART 4
릴리, 보금자리를 찾다

꽁쌀이는 오래전부터 미리 정탐해둔 길 건너 아파트 단지로 나를 안내했어. 처음으로 길가에 나온 나에게는 너무 먼 곳이었지만, 할아버지나 지은이 부부가 혹시 나를 찾으러 다니는 걸 보기라도 하면 마음이 안 좋을 테니까 무리를 해서라도 가능한 한 멀리 떠나기로 한 거야.

나는 아스팔트의 감촉부터 지나다니는 사람들, 차들이 빵빵거리는 소리에 적응하지 못해 거의 쓰러질 지경이었어. 목이 바짝바짝 탔고, 다 갈라진 발바닥에서는 피가 흘렀고, 눈앞은 흐릿해졌지. 하지만 너무 긴장하고 있었기 때문에 당시엔 고통도 모르고 열심히 뛰어서 일단 목적지에 도착할 수 있었어. 마지막 100미터 정도는 꼬짤이가 거의 끌고 가다시피 했지만.

길도 얼마나 복잡했는지 몰라. 작은 골목과 큰 길가와 초등학교 운동장과 아파트 단지의 풀밭까지…… 난 아파트 상가 지하실에 꼬짤이가 마련해놓은 박스 안으로 들어가자마자 풀썩 주저앉아 버렸지. 나도 모르게 눈이 스르르 감겼어.

🐾 🐾

얼마나 지났을까.

가까스로 눈을 떴을 땐 꼬짤이가 나를 그루밍해주고 있었어. 하루에 16시간 정도는 거뜬히 자는 나지만, 이번에는 그보다 더 오래 잔 후였지. 꼬짤이의 그루밍, 그건 처음 느껴보는 행복이었어. 아니, 잘 기억은 나지 않지만 아주 어릴 때 엄마가 내게 줬으리라 짐작되는 행복이었지. 인간들이 쓰다듬어주는 것과 내가 아닌 다른 고양이의 혓바닥이 털에 닿는 느낌은 많이 다르더라고. 할아버지가 내 미간을 간질여주셨던 것처럼 꼬짤이가 그 부분을 그루밍해줄 때 난 발라당 배를 하늘로 향한 채 누웠어. 눈을 지그시 감고 말야.

그러고서도 한참 시간이 지났을 거야. 나는 차츰 정신을 차리기 시작했는데, 긴장이 사라지자 갑자기 배가 너무 고팠어. 그것 역시 처음 느끼는 허기였던 것 같아. 하루 만에 코끝이 마르고 털이 푸석해진 걸 느낄 정도였으니까. 이제부터 나는 다시 태어난 것처럼 '처음'을 계속 경험하게 되겠구나 하는 생각이 들었어.

그런데 겨우 눈을 뜨고 주위를 둘러봤을 때 비로소 그 '처음'의 충격적인 실체를 깨달았지. 이곳에는 내게 밥을 주는 사람이 없다는 거 말야! 갑자기 배고픔은 사라지고 마음속 깊숙한 곳부터 설움이 차올랐어.

"이제 나가보자."

내 눈가가 촉촉해지는 걸 눈치챘는지 꼬짤이가 내 옆구리를 밀었고 나는 무척 힘겹게 지하실 창틀로 뛰어올랐어. 캣타워에 뛰어오를 때보다 훨씬 많은 에너지가 필요한 일이더라구.

그렇게 새로운 아파트 단지로 나가보니 공기의 맛, 주변 풍경, 색깔 등 모든 것이 낯설었어. 나는 꼬짤이가 이끄는 방향으로 몇 걸음 옮기다가 냄새를 맡고 두리번거리기를 계속했어. 그렇게 내 멋대로 집을 나와놓고는 두렵기만 하더라구. 난 최선의 선택을 한 걸까?

🐾 🐾

그래도 옆에는 꼬짤이가 있었어.

꼬짤이는 캣맘들이 길고양이들을 위해 밥과 물을 놓는 장소를 알아냈고, 우리는 그 장소들을 전전하며 배를 채웠어. 때로는 다른 길고양이들과 마주쳐서 기싸움도 해야 했지. 집에서는 상상도 할 수 없던 일이야. 물은 왜 그런지 늘 지저분했고, 간식 같은 것은 기대할 수도 없으니까 나는 처음에 울기도 많이 울었어. 사료도 싸구려라 입에 맞아야 말이지. 처음엔 배탈도 많이 났단다.

하지만 꼬짤이가 옆에서 돌봐주고 위로도 해주고 조언도 해준 덕분에 나는 조금씩 어엿한 길고양이가 되어갔어. 생존본능이라는 게 무섭더라구.

꼬짤이는 지금 우리가 살고 있는 지하실을 찾고 또 찾았다고 해. 비와 추위를 피할 만한 곳에는 다 다른 고양이들이 살고 있으니까. 그런 곳에 들어가려면 서로 물고 뜯고 해야 하는데 평화주의자인 꼬짤이 성격에 그러고 싶진 않았던 거지. 다 같은 처지인 걸 아니까.

근데 이곳 지하실에 있던 고양이는 내가 집 나오기 며칠 전부터 보이질 않았다는 거야. 차에 치인 것 같다나. 그런 걸 '로드 킬'이라고 한다지. 아아, 너무 끔찍한 일이지 뭐야.

고양이는 사람보다 자그마하니까 항상 조심조심 다녀야 해. 차, 오토바이, 따릉이, 씽씽이, 킥보드…… 피해 다녀야 할 게 너무도 많지. 길고양이 생활 일주일 만에 차에 치인 고양이를 처음 보게 되었을 때, 난 며칠 동안 먹지도 못하고 계속 악몽을 꿨단다.

그런데 우리는 그렇게 무지개다리를 건넌 고양이 덕분에 빈집에 들어앉게 된 거야. 먼저 살던 고양이를 생각하면 상반된 감정이 마음속에서 충돌해. 네가 죽지 않았으면 좋았을 텐데. 하지만 사라져줘서 정말 고맙다. 이렇게 말이야.

확실히 길바닥에 나와서는 집에 있을 때보다 생존 그 자체에 대한 생각을 많이 하게 됐어. 나이는 먹을 만큼 먹었는데, 이제야 겨우 어른이 되는 걸까?

지하실도 쾌적하진 않았지. 할아버지의 낡은 아파트에도 곰팡이가 많이 슬어 있었지만 지하실에 비하자면 궁전이나 마찬가지였어. 무엇보다 날씨가 계속 쌀쌀해져 오는데 나는 꼬짤이보다 훨씬 추위를 많이 타는 체질이더라구. 보일러가 들어오는 따끈한 방바닥이 많이 그리웠어.

하지만 나는 꼬짤이 옆에서 그런 생활에 적응해갔어. 사랑은 그런 건가 봐. 새로운 환경에 적응하는 힘이 생기게 만드는 것.

✿ ✿

좋은 점도 있더라고.

꼬짤이의 그루밍 외에도 아파트 단지의 풀 냄새, 나무 냄새를 맡을 수 있었고, 집에 갇혀서는 볼 수 없었던 노을 같은 것도 아파트 옥상에서 볼 수 있었지. 날씨가 따뜻하고 햇빛이 좋은 날에는 보도블록 같은 데 배를 깔고 앉아 일광욕을 즐기기도 했어. 활동 영역이 넓어지니 더 다양한 경험을 할 수 있더라구.

하지만 나는 할아버지의 꿈을 자주 꿨고, 그때마다 할아버지의 아파트가 어느 방향이었는지 꼬짤이에게 물어보곤 했어. 꼬짤이는 한 번도 짜증을 내지 않고 말해줬지.

"저 건물들 사이로 한참 빠져나가다가 동쪽으로 틀어서 비스듬한 언덕을 올라가다 보면 쪽문이 나와. 그러면 인도와 차도가 있고, 차도를 건넌 다음 다시 동쪽으로 난 계단을 내려가. 거기 우리가 살던 아파트 단지로 들어가는 초록색 후문이 있어. 그 문으로 쭉 들어가면 초등학교 정문이 나오는데 그 운동장을 가로질러 반대편 문으로 나가면 왼쪽의 세 번째 건물이 네가 살던 동이야."

나는 꼬짤이가 가르쳐준 아파트 위치를 종잡을 수 없었어. 불과 한 달 전쯤 내가 그렇게 먼 길을 내 발로 왔다구? 순간이동을 한 건 아닐까?

하지만 난 기억력이 좋은 고양이라 몇 번 되뇌면서 아예 외워버렸지. 꼬짤이가 옆에 없을 때 나지막하게 주문을 읊조리듯 옛날 집 위치를 중얼거리고 있으면 주체할 수 없는 그리움이 밀려들었어.

할아버지는 몸이 좀 나아지셨나? 지은이는 아기를 낳았을까? 지은이를 닮았어야 할 텐데.

🐾 🐾

수상한 기척이 느껴졌어.

잠을 자다가 부스스 눈을 떠보니까 꼬짤이와 처음 보는 턱시도 한 마리, 삼색이 한 마리, 고등어 한 마리가 등을 세운 채 서로를 경계하고 있는 거야. 어둠 속에 고양이 네 마리의 여덟 개 눈들만 반짝이고 있었지.

길고양이들끼리 영역 문제로 싸우는 건 많이 봐왔기 때문에 그렇게 놀라진 않았지만 꼬짤이가 세 마리를 상대할 순 없으니까 나도 꼬짤이 반 발짝 뒤에서 그르렁댔어.

그래도 불한당들은 가지 않았고, 분위기는 점점 험악

해지더니 턱시도 녀석이 먼저 꼬짤이에게 달려들어 귀를 깨물었어. 꼬짤이는 소리를 지르며 그 녀석을 떼어 놓았지만 뺨에는 피가 흐르고 있었지.

꼬짤이의 상처를 보자 나는 너무 화가 나서 턱시도 쪽으로 돌진했어. 길고양이로서 나의 첫 싸움이었단다. 짐작했겠지만 나도 한 성격 한다구. 게다가 연인 앞에선 누구나 용감해지는 법이잖아.

그런데 말야, 의외로 내가 이 방면에 좀 소질이 있더라구! 아마 내가 덩치도 크고 길고양이들보다는 살집도 있으니까 유리했던 거겠지.

난 내 안에 어떤 야생성이 도사리고 있었음을 느끼고 놀랐어. 첫 싸움이었는데 평생 그런 생활을 해왔던 것처럼 너무 익숙했던 거야. 내가 처음부터 길고양이였다면 나도 꼬짤이처럼 동네에서 알아주는 리더가 되었을지도 모른다는 생각을 하니 신이 났어.

아, 그날의 싸움에 대해 말하던 중이었지. 내가 먼저

달려들었던 턱시도 녀석은 나를 피했고, 난 덩치 큰 고등어와 엉겨 붙게 되었어. 서로 할퀴고 물어뜯고, 한쪽이 한 발짝 뒤로 도망가다가 다시 맞붙고…… 얼마쯤 그렇게 싸웠는지 몰라.

고양이 다섯 마리가 휘젓고 다니니 지하실은 고양이 털은 물론이고 뽀얀 먼지가 풀풀 날려서 눈앞이 뿌옇게 될 정도였어. 나중에는 내가 삼색이를 물고 나를 턱시도가 물고 꼬깔이가 턱시도를 물고 고등어가 꼬깔이를 무는 바람에 기차 같은 모양이 되었지 뭐야. 우리도 그 꼴이 우스워서 암묵적으로 휴전에 동의했어.

🐾 🐾

우선 다친 곳을 보듬었어.

고양이 다섯 마리가 띄엄띄엄 앉아서 말이야. 정적이 흘렀지. 나는 등 몇 군데에 털이 뜯겨나갔지만 크게 상처가 난 데는 없더라구. 아, 빨간 리본 가운데 달려 있던 펜던트가 떨어지기는 했어. 어차피 이제 나는 집고양이가 아니니까 그런 건 신경 쓰지 않았지. 꼬짤이는 귀를 깨물려서 피가 났는데 다행히 완전히 찢어지진 않았더라구.

한참 만에 꼬짤이가 물었어.

"어디서 온 녀석들이냐?"

녀석들은 서로 눈치를 살피는 모양이었는데, 결국 턱시도가 입을 떼더군.

"길 건너 아파트. 재건축을 하거든."
"뭐? 너희도 거기서 왔단 말이야?"

나는 깜짝 놀라서 반문했어.

"이런, 너희도 이주 고양이들이구나."

"……."

우리는 모두 잠시 할 말을 잃고 서로를 쳐다보았어. 싸우기 전과는 달리 꽤 안쓰러운 눈빛으로 말이야.

그제야 지하실에 어슴푸레 들어오는 빛을 통해 걔네들을 찬찬히 보게 되었는데, 턱시도는 옆구리 쪽에 큰 상처가 있고, 고등어는 왼쪽 눈이 성치 못하더라고. 아직 많이 어려 보이는 삼색이는 턱에 피부병이 심했어.

우린 일단 숨을 좀 고른 다음에 차례로 밖으로 나가 캣맘이 채워놓은 고양이 사료를 먹고, 물을 마셨어. 누가 보면 가족이라고 했을지도 몰라. 생긴 건 다 달라도 다섯 마리가 약속이나 한 듯 일사불란하게 움직였거든. 그날부터 우리는 지하실을 나눠 쓰는 사이가 됐어.

🐾🐾

턱시도가 말했어.

"난 재건축 아파트 놀이터 근처 풀숲에서 태어났어. 알다시피 인심 좋은 동네에서 태어나서 먹이 구하는 게 어렵진 않았지만, 어릴 때 형제 셋 중 두 마리가 로드킬 당하고, 하나는 어떤 인간이 데려갔는지 어느 날 갑자기 보이지 않더라고. 제일 예쁘게 생긴 애였거든. 사람들은 개, 고양이도 얼굴을 따진다니까. 잘 크고 있어야 할 텐데. 또 어디 버려지지나 않았길.

난 혼자 다니다가 영역을 침범한다고 공격도 많이 받았어. 배에 있는 상처도 그렇게 생긴 거고. 그러다 여기이 고등어 녀석을 만나 함께 다니게 됐지. 둘이 다니니까 훨씬 낫더라.

근데 재건축 때문에 다들 이사를 가버리니까 슬슬 불안해지기 시작했어. 캣맘들도 같이 사라지는 거잖아. 그래서 이 아파트로 온 건데, 여기는 전에 살던 데만큼 숨을 데가 없네. 인심도 후하지 않은 것 같고. 그 낡은 아파트가 너무 그리워. 우리에겐 낙원이었는데."

고등어가 말했어.

"형제들은 잘 기억이 안 나. 내가 아주 어렸을 때 나는 엄마랑 초등학교 근처에 살았어. 그런데 장난이 심한 6학년 남자애들이 엄마를 매일 괴롭히더니 하루는 운동장의 모래를 머리 위에 끼얹은 거야.

그때 나는 다행히 엄마 품 안에 꼭 숨어 있었지만 갑자기 모래를 뒤집어쓴 엄마는 그 후로 눈병이 생겨서 어린 나를 거둘 수가 없었어. 그래서 나는 쥐방울만 할 때부터 혼자 먹을 걸 찾아다녀야 했는데 정말 수월치 않았지. 엄마랑 내가 학교를 떠나지 못했던 건 급식하고 남은 밥을 주던 식당 언니가 있었기 때문이거든.

그런데 그 언니도 어느 날부터 밥을 안 주기 시작했어. 멀리서 나를 안타까운 눈빛으로 쳐다보기만 할 뿐, 퇴근할 때도 다가오지 않더라고. 학교의 높은 사람이 고양이를 싫어했던 것 같아. 고양이한테 남은 밥을 주면 학교가 지저분해진다나.

게다가 하루는 내가 자고 있는데 으레 그 못된 남자애들이 코르크판에 던지는 핀을 나한테 던지더라고. 한쪽 눈을 못 쓰게 된 건 그때부터야. 엄마나 나나 눈에 사고가 생기다니, 집안 팔자인가 싶고. 그 사건 이후 나는 미련 없이 학교를 떠났어.

인간들만 보면 치가 떨려. 인간들을 피해 주로 밤에만 움직이다가 여기까지 오게 됐단다."

꿀 꿀

삼색이가 말했어.

"난 꽤 다정한 아줌마가 살던 집에서 태어났어. 나까지 4남매였지. 엄마는 노란 털이고, 아빠는 까만 털이어서 내가 이렇게 생겼나 봐.

내가 지금보다 더 어렸을 때 그 집에는 부모님과 함께 자주 놀러 오던 돌이 갓 지난 아가가, 이름이 준이었지 아마, 있었는데 준이가 나를 장난감처럼 좋아했지 뭐야. 형제들 중에 콕 집어서 나를 집으로 데려가겠다고 울고불고 맨날 난리를 쳤어. 아줌마는 보내기 싫어했던 것 같은데 엄마, 아빠에다가 아기 고양이 네 마리를 더 키우는 건 아무래도 무리다 싶었는지 결국 나를 데려가라고 허락했어. 난 태어난 지 두 달 만에 부모, 형제와 떨어져 입양이 되었지.

그런데 어떻게 됐게? 한 달 정도 데리고 있다가 성가시고 돈도 든다고 준이 부모가 나를 길거리로 쫓아냈어. 그 전에 놀러 온 사람들한테 고양이랑 아기를 같이 키우는 건 안 좋다는 소리를 여러 번 들었지.

나를 그렇게 내버리고는 며칠 후에 이사를 가 버리더라. 피부병은 이 동네 와서 쓰레기통을 뒤지다가 생겼어. 나도 인간이 싫어. 상종해선 안 될 족속들이야."

❖ ❖

내 사연을 말할 차례가 되었지.

나는 말을 시작하기 전에 헛기침을 여러 번 해야 했어. 인간에게 사랑받고 교감했던 이야기를 해야 해서 망설여졌나 봐. 물론 이 세상에 착한 인간도 있다는 건 다른 고양이들도 알고 있었어. 캣맘들의 수고도 지켜봤으니까.

하지만 나만큼 인간과 가까이 지낸 고양이는 없잖아. 내 마음을 얼마나 이해해줄지 짐작이 안 되더라고. 나는 심호흡을 한 후 이야기를 시작했어.

"난 원래 지방 교외의 어느 식당에서 태어났어. 아름답고 공기도 맑은 곳이었지. 그런데 얼굴도 마음도 이름도 고운 사랑 언니가 나를……."

한 동네에서만 오래 살았던 다른 아이들보다 내 사연은 길 수밖에 없었어. 하긴 제일 오래 살기도 했으니까. 사랑 언니의 사고, 할아버지의 병, 꼬짤이를 만나기까지 내가 찬찬히 말을 이어가는 동안 고양이들은 숨을 죽이고 나를 바라봤어. 가끔은 뒷다리로 귀랑 머리 부분을 세게 털어내기도 했고, 가끔은 한숨을 내쉬기도 했지.

그런데 마지막에 할아버지를 놔두고 혼자 살겠다고 집을 나온 대목에서 난 말을 거의 잇지 못하겠더라. 다른 아이들이 길고양이로 고생하며 살아온 이야기를 들으니 내가 누렸던 편안함과 안정감은 사치로 느껴졌던 거야. 그런데 나는 할아버지를 배신한 고양이 그 이상도 이하도 아니잖아. 온갖 핑계를 대도 말이야. 그 마음의 짐이 늘 가슴 한구석에 있었지만 그걸 꺼내 보는 게 힘들어서 무시하고 지냈던 거지.

그런데 내 묘생을 쭉 펼쳐놓다 보니 바위 덩어리 같은 게 가슴을 짓눌러서 말은커녕 숨을 쉬기도 벅찼어. 결국 옆에 있던 꼬짤이가 대신 내 이야기를 마무리해주었단다.

🐾 🐾

다시, 꼬짤이는 고양이들의 리더가 되었어.

늘 늠름했고, 늘 다정했고, 늘 옳았지. 다른 고양이들도 꼬짤이를 나만큼, 아니 나보다 더 의지하게 되었어. 나보다 훨씬 어린 고양이들이었으니까.

꼬짤이를 보고 있으면 기쁘고 자랑스러웠어. 내가 이렇게도 멋진 고양이와 사랑을 하게 된 게 얼마나 행운인지 항상 신에게 감사했단다. 앞발을 X자로 꼬고 말이야.

꼬짤이와 나, 그리고 새로운 동거묘 세 마리는 서로의 영역을 존중해주면서 형제처럼 지냈어. 어린 삼색이 녀석이 가끔 내 배를 앞발로 누르며 재롱을 부릴 땐 어찌나 예쁘던지. 내가 만약 출산을 했다면 눈도 못 뜨는 아가들이 젖을 물고 삼색이처럼 꾹꾹이를 했겠지. 난 영영 아가를 갖지 못하는 몸이지만 삼색이가 아가에게 느끼는 애정과 기쁨을 대신 알게 해줬단다.

턱시도는 평소에는 생긴 것처럼 점잖은데 한번 말을 시작하면 아주 달변이야. 여기저기서 보고 들은 일에 허풍까지 섞은 턱시도의 이야기를 듣고 있자면 날이 밝

아오는 줄도 몰랐어. 우리는 사흘이 멀다 하고 꼬리를 동그랗게 말고 앉아 턱시도에게 귀 기울이곤 했지. 참 재미있는 녀석이야.

사람에게 상처를 많이 받은 고등어는 좀 까칠한 구석이 있지만 똘똘하고 꼼꼼해서 꼬짤이에게 큰 힘이 되었지. 눈은 한쪽밖에 안 보이지만 우리 중에서 냄새도 제일 잘 맡고 소리에도 제일 민감하거든. 나처럼 길바닥 생활을 안 해본 고양이는 똑똑한 척해도 사실 허당이라 고등어에게 잔소리도 참 많이 들었어. 그래도 그게 밉지 않고 고마웠단다. 길고양이로 살아남으려면 정말 많은 것을 조심해야 하거든.

🐾 🐾

그런데 어느 날인가부터…….

우리에게 밥을 주던 할머니가 보이지 않았어. 빨간 안경을 쓴 할머니는 손녀로 보이는 꼬마를 유치원 버스 타는 데까지 데려다 주고, 다시 데려오고 하면서 지하실 창문 앞 플라스틱 통에 먹을 것을 채워주셨었거든. 할머니 이마의 주름살이 할아버지를 생각나게 했기 때문에 나는 어쩐지 할머니가 친근하게 느껴졌어.

하루는 꼬마가 엄마랑 같이 와서 밥을 주길래 할머니한테 다른 일이 있는 줄로만 알았지. 그런데 그 이후로는 계속 안 보이시더라구.

"편찮으신 게 아닐까? 노인들이 바깥출입을 안 하는 이유는 그것밖에 없잖아."

내가 궁금해하자 턱시도가 말했어.

"벌써 돌아가셨을지도 몰라."

고등어는 마치 '비가 올지도 몰라'라고 말할 때처럼 별 느낌 없이 말했어.

"그렇다면 나는 너무 속상할 것 같은데."

내가 한숨을 쉬니까 고등어가 조곤조곤 덧붙였어.

"릴리는 너무 감상적이군. 할아버지를 떠날 때 너는 이미 인간과는 상관없는 독립적인 고양이가 된 거야. 집 밖에서까지 인간들에게 정 같은 거 주진 말라고."

고등어는 여느 때처럼 냉정했어. 하지만 다 맞는 말이라 나는 가만히 있을 수밖에 없었지.

그날, 나는 아주 오랜만에 잠을 이루지 못하고 몸을 이리저리 뒤척이면서 생각했어. 내가 꼬짤이를 존경하는 건 꼬짤이가 이기적인 고양이가 아니기 때문이야. 대부분의 고양이들은 자기 먹고 자는 것에만 집중하지만 꼬짤이는 늘 주위에 도움이 필요한 고양이들이 있는지 둘러봤거든.

꼬짤이를 좋아하는 만큼 나는 그를 닮아가고 싶었어. 꼬짤이처럼 생존의 문제를 초월한 이타적인 고양이로 살아가고 싶었던거야. 나는 집고양이 출신도 다른 고양이들에게 그런 존재가 될 수 있을까 수없이 되묻곤 했지.

그런데 그날, 처음으로 어떤 깨달음이 오더라. 나에게는 꼬짤이와는 다른 역할이 있다는 거 말야. 나는 집을 뛰쳐나오는 대신 병든 할아버지에게 끝까지 위로가 되었어야 했던 게 아닐까 하는.

2~3주쯤 후, 다행히도 우리는 빨간 안경테 할머니가 집에서 나오는 걸 보았어. 하지만 몰라보게 야위어 있으셨고 허리도 더 굽은 것 같았지. 할머니 뒤에는 빛바랜 캐리어를 끄는 아들 부부가 보였어.

할머니는 우리에게 아주 오랜만에 마지막 인사를 하시고는 요양원 차에 올라타셨어. 자동차의 동그란 후미등 두 개가 마치 할머니의 안경테처럼 느껴진 건 나뿐이었을까.

유난히 추운 날이었어.

찬 공기가 송곳처럼 털을 뚫고 들어올 것 같았지. 나는 지하실 안 낡은 담요 위에 웅크리고 앉아 있다가 낮잠을 자는 꼬짤이를 깨워서 이 아파트 단지에서 가장 높은 곳으로 올라갔어.

"할아버지 집 말야."
"응?"

꼬짤이의 눈이 영리하게 반짝였어.

"저 건물들 사이로 한참 빠져나가다가 동쪽으로 틀어서 비스듬한 언덕을 올라가다가 쪽문으로 들어가서 차도를 건넌 다음, 동쪽으로 난 계단을 내려간 후 재건축 아파트 후문으로 들어가서 초등학교 운동장을 가로질러 반대편 문으로 나가면 왼쪽의 세 번째 건물, 맞지?"

"응."

이번에는 어쩐지 긴장되는 목소리였지. 내 마음을 읽었던 거야.

나는 꼬깔이를 한 번 물끄러미 본 다음, 다시 언덕 밑으로 고개를 향했어.

"나, 할아버지에게 돌아가야겠어."

"……."

"할아버지가 잘 계시는지 너무 걱정돼. 할아버지도 나를 보고 싶어할 거야. 내가 힘이 되어드렸어야 했는데 그냥 도망쳐 나온 게 너무 후회가 돼. 나라는 존재에 의미가 있다면 그건 그냥 죽지 않고 지내는 것만은 아니겠지. 누군가에게 위로를 줄 수 있는 고양이가 되고 싶어. 나를 필요로 하는 이들에게. 사랑 언니와 할아버지가 나한테 그랬던 것처럼."

나는 준비해놓은 말을 쏟아냈어. 목소리는 좀 떨렸지만 울거나 망설이지는 않았어. 난 이제 집에서 뒹굴거리며 간식만 기다리던 고양이가 아니니까. 내 결심을 얘기하는 데 씩씩하고 당당하고 싶었어.

내 장황한 이야기를 다 들어준 다음, 꼬짤이가 말했어.

"넌 이미 그런 고양이야. 네가 없었으면 나도 여기까지 오지 못했을 거야."

"정말? 너는 나 없이도 뭐든 잘할 거라 생각했는데."

"아니, 너를 야생에서도 살아남게 해줘야 한다는 생각, 그 행복한 책임감 때문에 난 여기 올 수 있었어."

꼬짤이는 내 뺨을 한 번 핥아주더니 말했어.

"샘 많던 집고양이 아가씨가 강해졌구나. 혼자서는 아무것도 못할 것 같더니. 그거 알아? 너 지금 너무 멋지다."

"이해해주는 거지?"

"그럼. 마음 푹 놓고 떠나. 그게 너를 행복하게 할 수 있다면."

나도 꼬짤이를 한참 그루밍해주었어. 이번에는 울컥하는 걸 꾹 참고 말했지.

"나는 지금도 행복해. 하지만 나만 행복한 건 싫어. 나에게 사랑을 준 이들에게 나도 돌려주고 싶어."

"……."

"고마워. 꼬짤아. 나를 용감한 고양이로 만들어줘서."

우리는 작별 인사 대신 등과 머리를 맞대고 오랫동안 그 찬 바닥에 누워 있었어.

사랑 언니를 잃었을 때, 할아버지를 떠났을 때의 허전함과는 또 다른 통증이 가슴을 찢어놓았지. 하지만 내 심장도 예전보다 훨씬 튼튼해져 있다는 걸 느꼈어.

"할아버지께 가 있어. 나도 아이들 자리 잡으면 따라
갈게."

꿈결 속에 꼬짤이의 목소리가 아련하게 들렸어. '괜찮
아?' 처음 그의 목소리를 가까이에서 들었을 때처럼.

🐾🐾

첫눈.
내가 태어나서 처음으로 눈을 맞던 날이었어. 예년보
다 따뜻했던 그해 겨울, 늦게 내린 첫눈이었지.
꼬짤이와 다른 녀석들이 다 자는 사이에 나는 혼자
지하실을 빠져나왔어. 모든 지저분한 것들이 눈에 덮여
있으니 세상은 아름답게만 보이더라.
눈가림으로 바뀌는 건 아무것도 없어. 하지만 알고
있니? 지저분해진 눈을 쓸어내면서 거리가 예전보다

깨끗해진다는 걸. 눈은 예뻐서가 아니라 사람들을 바지런하게 만들어서 더 의미가 있는 것 아닐까.

나는 차디찬 공기를 폐 깊숙이 들이마신 후, 뛰기 시작했어.

눈앞이 눈처럼, 아니 내 털처럼 새하얘질 때까지.

숨이 너무 가빠서 헉헉대며 잠시 전봇대 밑에 멈췄을 때, 전봇대에 붙어 있던 벽보가 눈에 젖어 축축해진 채로 바닥에 툭 떨어졌지. 내 사진과 지은이의 글씨가 선명하게 눈에 들어왔어.

"가족을 찾습니다.

우리 막내 릴리, 빨간 리본 고양이를 보신 분은 꼭 연락 주세요."

에필로그

그날은 눈이 참 많이도 내렸습니다.

그날은 우리가 이사를 하는 날이었죠.

그날은 할아버지를 떠나보내는 날이기도 했습니다.

우리는 아침 일찍 납골당에 할아버지를 모셔드리고 곧 허물어질 아파트로 돌아오는 버스를 탔답니다.

"눈이 참 많이도 오네."

"할아버지도 이렇게 하얀 가루가 되셨을까?"

나는 울지 않기로 지훈이와 약속했기 때문에 버스 창밖을 바라보며 눈을 연신 끔벅거려야 했어요.

길을 잃었는지 백구 한 마리가 2차선 도로 주변을 서성거리며 버스가 멀어져 가는 모습을 물끄러미 바라보았습니다.

우리는 같은 생각을 했기 때문에 지훈이가 슬며시 제 손을 잡아주었죠.

"보고 싶다."

"응."

우리는 집에 도착해서 다마스 한 대에 단출한 짐을 모두 실었습니다. 뾰족뾰족한 짐들과 함께 작은 몸을 차에 구겨 넣고 우리가 살던 집을 잠시 쳐다보았어요. 1층이라 햇빛은 잘 안 들었지만 우리 부부의 첫 보금자리였던 곳인데 곧 가루가 된다니 좀 착잡한 생각이 들었어요. 오래되면 사라지는 것은 인간과 건물의 공동

운명일까요.

"아, 잠시만요!"

기사님이 출발하려고 시동을 켰을 때, 난 갑자기 거실 벽에 붙여두었던 그림을 그대로 두고 왔다는 게 생각났어요. 난 쪼르르 달려가 빛바랜 그림을 떼서 이제 정말 마지막으로 아파트 출입문을 나섰지요.

그때였어요. 눈구름 사이로 갑자기 한 줄기 햇살이 비쳐서 난 살짝 눈을 찡그렸답니다. 그런데 눈이 그쳤나 하늘을 보고 다시 차 쪽으로 시선을 옮겼을 때, 눈밭 사이로 빨간 리본이 보였어요. 맙소사! 그건, 나한테 너무 익숙한 리본이었죠!

그 다음 몇 시간 동안의 일들은 정확히 기억이 나지 않아요. 눈밭에 쓰러져 있던 릴리를 안고 병원에 갔던

일, 이사를 했던 일, 그리고…… 진통이 시작되었던 일. 뭐가 먼저였는지 뒤죽박죽이거든요. 어른들이 살다 보면 이렇게 정신없는 날이 가끔은 있다고 그러던데요. 우리에게는 그 한 해의 마지막 날이 그랬어요.

하지만 찌뿌둥했던 하늘이 걷히자 맑은 하늘이 열렸답니다.
다시, 새로운 이야기를 시작할 수 있게 된 거예요.

우리는 상가 옥탑방에 둥지를 틀었어요.
릴리는 집으로 돌아오는 도중 다리를 다쳤지만 서서히 회복 중이랍니다.
지훈이는 릴리를 책장 위에 종종 올려놔줘요. 릴리는 높은 데서 내려다보는 걸 좋아하는데 지금은 혼자서 못 올라가거든요.

지훈이랑 난 릴리가 떠났던 사건을 '모험'이라고 불러

요. 릴리의 모험에는 어떤 등장인물들이 있고, 무슨 사건이 있었을까요? 너무 궁금해서 가끔 혼자 상상의 나래를 펴곤 한답니다.

확실한 건 할아버지를 만나러 돌아왔다는 거겠죠. 내가 아파트 벽에서 떼어냈던 그림, 할아버지와 릴리와 사랑 언니가 함께 있는 그림 밑에서 낮잠 자길 좋아하는 걸 보면 알 수 있어요.

그러면 난 릴리 앞에 앉아 그림을 그리다가도 보드라운 털을 쓰다듬으며 속삭여줘요.

"괜찮아. 릴리. 할아버지도 좋은 곳으로 가셨어. 사랑언니 만나서 우릴 보고 계실 거야. 그리고 우리도 곧 갈거야, 당장은 아니지만. 지구의 나이에 비하면 우리 인생은 찰나에 불과하대."

또 릴리는 옥탑방과 연결된 옥상에도 매일 나가죠.

낮은 플라스틱 의자 하나를 딛고 옥상 난간에 올라가 앉아 있을 땐 좀 위태해 보이지만 우린 방해하지 않는답니다. 전에 살던 아파트 쪽을 하염없이 바라보는 걸 보면 그때가 그립나 봐요. 아니면 몇 개월간의 모험을 떠올리는 걸까요? 누굴 기다리는 것 같기도 하고, 추억에 잠긴 것 같기도 하거든요.

하지만 역시 릴리가 가장 행복해 보이는 건 침대에서예요. 밤이 되면 우리 침대에는 나와 지훈이와 아기, 그리고 릴리가 다 모입니다.

제가 몸조리를 마치고 '조이'와 함께 집에 왔을 때, 릴리는 아무래도 좀 낯설어하는 것 같았지만 다행히 지금 둘 사이는 아주 좋아 보여요. 조이의 작고 보드라운 발바닥에 릴리가 머리를 문지를 때면 얼마나 귀여운지요!

할아버지는 안 계시지만 릴리도 알 거예요. 이제 우리 네 식구가 한 가족이란 걸.

릴리 이야기

1판 1쇄 2021년 12월 7일

지 은 이 윤성은
일러스트 강민경

발 행 인 주정관
발 행 처 북스토리㈜
주   소 서울특별시 마포구 양화로 7길 6-16 서교제일빌딩 201호
대표전화 02-332-5281
팩시밀리 02-332-5283
출판등록 1999년 8월 18일 (제22-1610호)
홈페이지 www.ebookstory.co.kr
이 메 일 bookstory@naver.com

ISBN 979-11-5564-249-8 03810